हिन्द पॉकेट बुक्स

घूम-घूम कर देखें देश

बड़ी रोचक यात्रा है यह आपकी अपने देश को जानने के लिए। आओ, चलें, पूरब से पश्चिम तक और उत्तर से दक्षिण तक। घूमें-फिरें और सैर-सपाटा करें। ज्ञान के सागर में डुबकी लगाएं और हरेक प्रदेश की नदियों, पहाड़ों, झीलों, झरनों, कल-कारखानों, ऐतिहासिक इमारतों, महापुरुषों, वीरों, जांबाज़ों, खनिज, कृषि, बाग़बानी और वहां के लोगों के बारे में जानें, जानकारी से भरपूर अच्छी-अच्छी बातें, सरस कविताओं के रूप में। इन्हें गाएं-गुनगुनाएं और ज्ञान की गंगा में नहाकर आनंद मनाएं।

कहानी कहते चित्रों और अपनी ही परीक्षा के लिए प्रश्नोत्तरी सहित।

बच्चों और किशोरों के लिए ज्ञान-विज्ञान साहित्य

घूम-घूम कर देखें देश

रामेश्वर दयाल दुबे

हिन्द पॉकेट बुक्स
पेंगुइन रैंडम हाउस इम्प्रिंट

हिन्द पॉकेट बुक्स

यूएसए | कनाडा | यूके | आयरलैंड | ऑस्ट्रेलिया | सिंगापुर
न्यू ज़ीलैंड | भारत | दक्षिण अफ्रीका | चीन

हिन्द पॉकेट बुक्स, पेंगुइन रैंडम हाउस ग्रुप ऑफ़ कम्पनीज़ का हिस्सा है,
जिसका पता global.penguinrandomhouse.com पर मिलेगा

पेंगुइन रैंडम हाउस इंडिया प्रा. लि.,
चौथी मंजिल, कैपिटल टावर -1, एम जी रोड,
गुड़गांव 122 002, हरियाणा, भारत

पेंगुइन
रैंडम हाउस
इंडिया

प्रथम संस्करण हिन्द पॉकेट बुक्स द्वारा 2011 में प्रकाशित
यह संस्करण हिन्द पॉकेट बुक्स में पेंगुइन रैंडम हाउस द्वारा 2022 में प्रकाशित

10 9 8 7 6 5 4 3 2

ISBN 9789353491642

मुद्रकः रेप्रो इंडिया लिमिटेड

www.penguin.co.in

MIX
Paper from
responsible sources
FSC www.fsc.org
FSC™ C047271

This is a legitimate digitally printed version of the book and therefore might not
have certain extra finishing on the cover.

क्रम

घूम-घूम कर देखें देश

भारत को पहले सोने की चिड़िया कहा जाता था। क्योंकि भारत एक धनी राष्ट्र है। भारत के अनेक प्रांतों में धनी, वीर एवं पराक्रमी राजा हुआ करते थे। भारत को एक उप-महाद्वीप कहा जाता है, क्योंकि यहां के धरातल पर आज भी लगभग सभी प्रकार के प्राकृतिक संसाधन मौजूद हैं। यहां अनेक प्रकार के धर्म, जाति, भाषा, पहनाव व रीति-रिवाज़ आदि हैं। केवल इतना ही नहीं, बल्कि प्राकृतिक दृष्टि से भी यहां अनेक प्रकार की विभिन्नताएं देखने को मिलती है।

भारत की पवित्र भूमि में राजा हरिश्चंद्र, चाणक्य, चन्द्रगुप्त मौर्य, सम्राट अशोक, छत्रपति शिवाजी, टीपू सुल्तान, महाराणा प्रताप, महारानी लक्ष्मीबाई, जीजाबाई, सुभाषचंद्र बोस, गोविंद बल्लभ पंत, चंद्रशेखर आजाद, वीर सावरकर, महात्मा गांधी, स्वामी विवेकानंद, जवाहरलाल नेहरु, इंदिरा गांधी, एपीजे अब्दुल कलाम जैसे अनेक महापुरुषों ने जन्म लिया है।

भारत के उत्तर-पूर्व में जहां पर्वतों का राजा हिमालय अपनी छटा बिखेरते हुए भारत की सीमा का प्रहरी बन कर खड़ा है, वहीं पश्चिम दिशा में थार का विशाल मरुस्थल फैला हुआ है। दक्षिण दिशा में हिन्द-महासागर भारत को तीन ओर से घेर कर हमारे देश की रक्षा कर रहा है।

इतना ही नहीं भारत में त्रेता एवं द्वापर युग में भी महान पुरुषों ने जन्म लिया है। संसार का सबसे बड़े महाकाव्य रामायण एवं महाभारत भी इसी भूमि में महर्षि बाल्मीकि एवं महाकवि वेद व्यास ने इनकी रचना की।

भारत शिक्षा के क्षेत्र में भी प्राचीन काल से अन्य देशों की तुलना में सबसे आगे है। भारत का प्राचीन शहर पाटलीपुत्र (बिहार राज्य) में स्थित तक्षशिला व बनारस (उत्तर प्रदेश) के हिन्दू विश्वविद्यालय में अनेक देशों से छात्र-छात्राएं शिक्षा प्राप्त करने आया आते थे। हमारे देश की समृद्धि (अन्न-धन से संपूर्ण) देख कर प्राचीन काल से ही विदेशी भ्रमण करने आया करते हैं, जिनमें से चीनी यात्री, ह्वेन सांग व फाह्यान प्रमुख थे। इन्होंने अपने यात्रा वृतांत में भारत के राज्यों की गौरव-गाथा लिखी है।

अतः भारत सदा ही महापुरुषों की भूमि रही है और यहां का इतिहास वीर-वीरांगनाओं से भरा हुआ है। इस पुस्तक में बहुत ही सरल भाषा व रोचक तरीके से भारत के अलग-अलग प्रांतों के ऐतिहासिक स्थल, किले, रहन-सहन, खान-पान, भाषा व धर्म आदि को कविता के रूप में प्रस्तुत किया गया है।

गुजरात

घूम-घूम कर देखें देश
गौरवमय गुजरात प्रदेश।

कच्छ काठियावाड़ साथ ले
फैला जो गुजरात प्रदेश।
छूता हुआ अरब सागर को
है भारत का प्रान्त विशेष।

यही, ताप्ती और नर्मदा
इसको जीवन देती हैं।
उपजाऊ खेतों में फसलें
हंस अंगड़ाई लेती हैं।

सागर तट पर खड़ी द्वारका
कीर्ति कृष्ण की है फैलाती
सदा पोरबन्दर की नगरी
गान्धी जी की याद दिलाती।

सोमनाथ इतिहास सुनाकर
फिर ऊंचा है उठा गगन में।
धर्मध्वजा को उड़ा विश्व में
स्वाभिमान भरता है मन में।

गर्बीली भाषा गुजराती
गरबा-गरवी में गाती है।

रास डांडिया में युवकों की
टोली अतिशय सुख पाती है।
मृदुभाषा व्यापार कुशल अति
दूर-दूर गुजराती जाते।
कमा-कमा कर विपुल सम्पदा
जन्मभूमि को धनी बनाते।
साबरमती किनारे पर ही
बसा अहमदाबाद शहर है।
सूत मिलें बनातीं कपड़ा
पहना जाता जो घर-घर है।
सूरत, आंणद और बड़ौदा
राजकोट जूनागढ़ नगरी।
अब तक अपने बीच संभाले
है अतीत की वैभव गठरी।।
उत्तर में अम्बा माता है
और पूर्व में काली माता।
सभी जातियां हिल-मिल रहतीं
आपस में है मीठा नाता।
नये-नये उद्योग चल रहे
इस प्रदेश को धनी बनाते।
गान्धी-वाणी को अपनाकर
गुजराती गौरव हैं पाते।।

राजस्थान

घूम-घूम कर देखें देश
राजपूत वीरों का देश।

कितने राज्यों का समूह है
राजस्थान प्रान्त विशेष।
बलिदानों की भूमि, वीरता
का आगर है पुण्य प्रदेश।

उन वीरों की याद दिलाती
रक्त-सनी अब हल्दी घाटी।
स्वाभिमान पर मर-मिटने की
जिनकी थी अद्भुत परिपाटी।

यही किला चित्तौड़ जहां पर
जौहर कर पद्मिनी जली थी।
साथ सैकड़ों बालाओं को
अंगारों की सेज मिली थी।

यहीं दिवानी मीरा अपने
गिरधर के आगे थी नाची।
राजभोग को छोड़ कृष्ण से
प्रीति निभाई उसने सांची।

राणा प्रताप वन-वन घूमा
पर छोड़ी अपनी आन नहीं।

शूरता-वीरता में उन-सा
है कोई हुआ महान् नहीं।

जयपुर शहर बहुत सुन्दर है
हवा महल भी दर्शनीय है।
देव मूर्तियां जो बनती हैं
उनकी शोभा अकथनीय है।

उदयपुर के सुखद सरोवर
बीकानेरी महल शिला के।.
मनमोहक हैं दृश्य अनोखे
जोधपुर में भव्य किला के।.

मका, बाजरा, ज्वार, ईख की
सुन्दर फसलें, बालम खीरे।
प्यास बुझाते हैं गर्मी में
मीठे-मीठे बड़े मतीरे।

बड़ी-बड़ी नहरें निकली हैं
रेगिस्तानी प्यास बुझेगी।
दैन्य मिटाकर धरती अपना
चिर उन्नति का साज सजेगी।

बंगाल

घूम-घूम कर देखें देश
बंगभूमि बंगाल प्रदेश।

गंगा और ब्रह्मपुत्र ने
जिस धरती से प्यार किया है।
देश-भक्ति की प्रखर ज्योति से
भारत को आलोक दिया है।
उसी धरा का नाम 'बंग' है
इसकी महिमा अमित अशेष।
जाग्रति का सन्देश जगत को
देता है बंगाल प्रदेश।
धान, जूट के खेतों से ही
इसका आंचल भरा हुआ है।
बांस और केला कुंजों से
ताल-ताल ही घिरा हुआ है।
नावों पर मांझी गाते हैं
व्रजबूली के गीत मनोहर।
मीठी बंगला भाषा का है
अति मंजुल साहित्य-सरोवर।
दुर्गा पूजा के अवसर पर
जन-उल्लास न पाता पार।

घर-घर में पूजा होती है
सजता हाट बाट घर द्वार।

कवि रवीन्द्र का शान्तिनिकेतन
जोड़ रहा जग से नाता है।
अमराई में बैठ कला की
विद्यार्थी शिक्षा पाता है।

सबसे बड़ा शहर कलकत्ता
लाखों लोग यहां रहते हैं।
तरह-तरह धन्धे अपनाकर
सुख के साथ रहा करते हैं।,

विक्टोरिया मैमोरियल सुन्दर
दर्शनीय स्थान यहां है।
बड़ा हावड़ा पुल के जैसा
भारत भर में और कहां है।

रामकृष्ण का शिष्य विवेका-
नन्द बंग का ही सपूत था।
नर नाहर नेता सुभाष भी
देश-भक्त भारत विभूति था।

वन्देमातरम् राष्ट्रगीत की
जन्मभूमि है यह बंगाल।
था अतीत उज्ज्वल भविष्य भी
होगा उन्नत और विशाल।

हरियाणा

घूम-घूम कर देखें देश
हरियाणा पौराणिक देश।

धर्मक्षेत्र कुरुक्षेत्र, हुई थी
कुरु पांडव सेना सन्नद्ध।
हुआ यहीं था जग में भीषण
दुःखद महाभारत का युद्ध।

इसी भूमि में पानीपत है
युद्ध हुए थे कई जहां पर।
उपजाऊ खेतों में फसलें
झूम रही हैं आज वहां पर।

राजपूत, गूजर, अहीर हैं
जाट यहां के वीर निवासी।
मिलकर काम खेत में करते
नर-नारी श्रम के विश्वासी।

ऊंचे बैल दुधारू गायें
घर-घर दूध दही माखन है।
भारत भर में हरियाणा का
अति प्रसिद्ध ही यह पशुधन है।

पहन घाघरा, लम्बा घूंघट
चांदी के आभूषण पहने।

रखे शीश पर घड़ा दीखती
गोपी-सी हरियाणी बहनें।

मुगलों का पिंजौर बगीचा
बड़खल झील, सोहना झरना।
नाला गढ़, नारायण गढ़ भी
सुखमय है सब जगह विचरना।

कुरुक्षेत्र पेहवा तीरथ
है कपालमोचन भी पावन।
यमुना सरस्वती से पोषित
छिपी कथा पौराणिक कण-कण।

प्रान्त भले छोटा हरियाणा
मिला प्रकृति वरदान मनोहर।
उन्नति करता हुआ बढ़ रहा
वार सपूतों के ही बल पर।

मणिपुर

घूम-घूम कर देखें देश
मणिपुर लघु, पर रम्य प्रदेश।

पूरब के कोने में स्थित
मणिपुर लघु, पर रम्य प्रदेश।
प्रकृति यहां पर मोहा करती
दिखा-दिखा निज रूप विशेष।

पर्वत-वन अति ही सुन्दर हैं
सुन्दर हैं तालाब जलाशय।
मंडित हैं प्राचीन कला से
जगह-जगह पर सुन्दर मंदिर।

सीधे-सादे सरल निवासी
कृष्ण भक्त है सारी जनता।
श्रम विशेष करतीं महिलाएं
पुरुष वर्ग है सुख से रहता।

है इम्फाल राजधानी जो
विविध कला का केन्द्र मनोहर।
सभी क्षेत्र में कुशल नारियां
छाईं सामाजिक जीवन पर।

है बहार रहती कीर्तन की
होते रहते रास यहा पर।
नृत्य मणिपुरी सारे जग में
नहीं प्रशंसित हुआ कहां पर?

घर-घर में ही महिलाएं हैं
रंग-बिरंगे कपड़े बुनतीं।
श्रद्धा सहित मन्दिरों में जा
पावन धर्म कथाएं सुनतीं।
अधिक न विकसित, फिर भी मीठी
मणिपुर की मणिपुरिया भाषा।
पिछड़ा प्रान्त कर रहा उन्नति
और करेगा-ऐसी आशा।

उत्कल

घूम-घूम कर देखें देश
उत्कल है रमणीय प्रदेश।

नाम 'कलिंग' प्रथम था जिसका
अब 'उत्कल' है कहलाता।
उत्तर-दक्षिण यह फैला है
पूरब में सागर लहराता।

घने-घने जंगल हैं इसमें
महानदी की धारा बहती।
रक्त बहाया था अशोक ने
क्रूर कथा-सी कहती रहती।

सागर तट पर जगन्नाथ का
धामपुरी में शोभा पाता।
रथयात्रा के समय जहां पर
जनता का समुद्र लहराता।

भुवनेश्वर में लिंगराज के
मन्दिर की शोभा है न्यारी।
भग्न सूर्य मन्दिर कोणार्क की
मूर्ति कला है विस्मयकारी।

खनिज-पदार्थों की न कमी है
वन-सम्पदा यहां की अनुपम।

अति भोली-भाली जनता है
सदा धर्ममय जीवन का क्रम।

चिलका झील योंजनों फैली
लहरों में श्रृंगार सजाती।
बीच-बीच में सुन्दर टापू
जिनसे है शोभा बढ़ जाती।

महावीर की मूर्ति मनोहर
खारबेल की गुफा पुरानी।
उत्कल का अतीत उज्ज्वल था
उसकी कहती मधुर कहानी।

उड़िया भाषा अति मीठी है
उड़िया का साहित्य मनोहर।
गीत-नृत्य में गूंजा करता
आदिवासियों का मीठा स्वर।

मैदानों में खेत धान के
हरे-भरे लहराते रहते।
गिरि-अंचल में जहां-तहां पर
झर-झर झरने झरते रहते।

नव-विकास के सोपानों पर
नित उत्कल चढ़ता जाता है।
रहा अभी तक पीछे लेकिन
अब आगे बढ़ता जाता है।

कर्नाटक

घूम-घूम कर देखें देश
कर्नाटक है कला- प्रदेश।

छूता हुआ अरब सागर को
केरल से उत्तर की ओर।
कर्नाटक प्रदेश फैला है
महाराष्ट्र है अन्तिम छोर।

पश्चिम घाट पहाड़ों पर है
हरे-भरे जंगल ही जंगल।
वन-पशुओं के साथ घूमते
रहते हैं जिसमें हाथी-दल।

चन्दन, ताड़, नारियल कटहल
आम और शहतूत सुपाड़ी।
चाय-बग़ीचे इधर-उधर हैं
केलों की हैं सुन्दर बाड़ी

उटकमंड पर्वत की रानी
स्वास्थ्य-केन्द्र है हरी-भरी है।
झील वहां की अति सुन्दर है
मानो नभ से ही उतरी है।

कृष्णा है जीवन की धारा
कर्नाटक को सींचा करती
जल देती, बिजला भी देती
घर-घर में सुख-सम्पति भरती।

अति सुन्दर मैसूर शहर है
वृन्दावन में जल फव्वारे।
उछल-उछल कर खेल दिखाते
रंग-बिरंगी शोभा धारे।

राजमहल चामुंडा देवी
टीपू पैलेस श्रीरंगम में।
श्रवण गोड़ की ऊंची प्रतिमा
मन्दिर शोभा हेलीविड में।

बेंगलोर में अति सुन्दर नगरी
लाल बाग की अनुपम शान।
नन्दी मन्दिर पर्वत पर है
अति विशाल है सौंध-विधान।

गिरिसप्पा प्रपात की शोभा
मात्र देखते ही है बनती।
कर्नाटक कोलार फ़ील्ड में
धरती सोना सदा उगलती।

कन्नड़ भाषा बड़ी कलामय
वसवेश्वर के गीत मनोहर।
भारत के संगीत क्षेत्र में
कर्नाटक संगीत धरोहर।

चन्दन, हाथी-दांत-मूर्तियां
कर्नाटक का यश फैलातीं।
धर्म-प्राण जनता है सारी
किसे नहीं है लुब्ध बनाती

कश्मीर

घूम-घूम कर देखें देश
स्वर्ग सदृश कश्मीर प्रदेश।

हिम-मंडित चोटियां हिमालय
जहां कांति निज फैलाती हैं।
काश्मीर घाटी स्वर्गोपम
अपनी छवि में इठलाती हैं।

बेरिनाग से झेलम निकली
घाटी का सिंचन करती है।
आलिंगन कर शहर श्रीनगर
वूलर में जाकर मिलती है।

शालीमार, निशात और वह
चश्माशाही बाग़ मनोहर।
झीलों की रानी डल के ही
तट पर भरते मोद लहर कर।

हाउस बोट शिकारे सुन्दर
नदी झील में तैरा करते।
डल में खेत तैरते फिरते
फल फूलों से शोभा भरते।

पहल-गांव, गुलमर्ग स्वर्ग-से
छवि सबको आकर्षित करती।
पामापुर की केसर धारी
मादक गन्ध पवन में भरती।

जम्मू से लद्दाख़ पुंछ तक
शैल श्रेणियां मनोहर फैलीं।
चांदी-सी हैं कहीं चमकती
कहीं लाल है या मटमैली।

अमरनाथ की गुफा अनोखी
हिम शिवलिंग बना करता है।
आगत भक्तों के हृदयों में
श्रद्धा भाव भरा करता है।

झर-झर झरने झरते रहते
सभी ओर फल फूल यहां हैं।
नख, चेरी, बादाम, सेब से
पौधे रहते लदे यहां हैं।

नमदे, शालें, पेपरमेसी
है लकड़ी की कला मनोहर।
भ्रम होता गंधर्व लोक का
नर-नारी इतने हैं सुन्दर।

खीर भवानी शंकराचारी
मसजिद शाह हमदान मक़बरे।
मुसलमान हिन्दू दोनों के
केतु एकता के हैं फहरे।

प्रकृति छटा इतनी प्यारी है
है कश्मीर स्वर्ग से बढ़कर।
भला कौन जन मुग्ध न होगा
लोकगीत कश्मीरी सुनकर।

आंध्र-प्रदेश

घूम-घूम कर देखें देश
गरिमामय है आंध्र-प्रदेश।

छूता हुआ बंग-सागर को
फैला है जो आध्र-प्रदेश।
दसकी गरिमा उसका गौरव
उसकी महिमा अतुल विशेष।

गोदावरी इसे जल देती
कृष्णा इसे सजा देती है।
दक्षिण में पेन्नार नदी भी
खेतों को हरषा देती है।

काल हस्ति, तिरुपति, श्रीशैलम्
भद्राचल हैं तीर्थ विशेष।
दूर-दूर से जनता आती
दर्शन करने यहां हमेशा।

वारंगल, नागार्जुन, कोंडा
अमरावती पुरानी नगरी।
छिपा खंडहारों में वैभव है
मूर्ति कला अनुपम है निखरी।

शहर हैदराबाद अनोखा
थी निज़ाम की जो राजधानी।

है प्रसिद्ध सालार म्यूज़ियम
जग भर में जो है लासानी।

लोहा और कोयला खानों
से है भरी आंध्र की धरती।
कृष्णा घाटी विपुल धान से
गोदामों को नित है भरती।

सदा तिलंगे वीर सिपाही
भारत की है रक्षा करते।
प्राणों की परवाह न करके
दुश्मन से डटकर हैं लड़ते।

अति मीठी तेलुगु भाषा है
मीठे भाव भरा है करती।
सन्त वेयना और पोतना
की रचनाएं गूंजा करती।

है प्रसिद्ध त्योहार युगादी
घर-घर में उल्लास छलकता।
तैल स्नान कर पच्चडि पीते
सब कोई पंचागप सुनता।

उन्नति करता हुआ बढ़ रहा
प्रगति-पथ पर आंध्र-प्रदेश।
भारत के प्रान्तों में इसका
है अपना स्थान विशेष।

बिहार एवं झारखंड

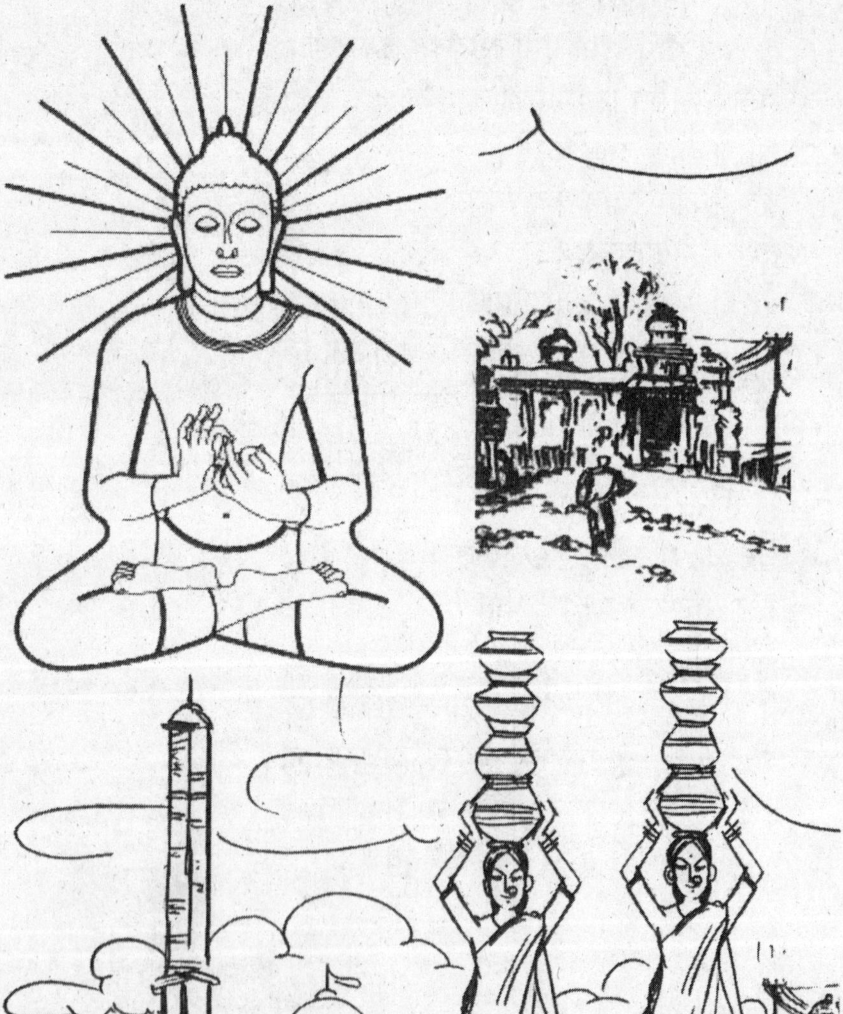

घूम-घूम कर देखें देश
वैभव भरा बिहार व झारखंड प्रदेश।

गिरिराज हिमालय के दक्षिण
फैले जो प्रदेश बिहार व झारखंड।
कण-कण को पावन बना रही .
निर्मल गंगा की पूत धार।

सीता का नैहर यह बिहार
मिथिला में थी मैथिली पली।
राजा विदेह के शासन में
थी स्वर्ग बनी यह पुण्य थली।

गंगा तट पर पाटली-पुत्र
जो अब "पटना" कहलाता है
चाणक्य चन्द्रगुप्त और अशोक
की बरबस याद दिलाता है।

गुरु दशमेश यहीं पर जन्मे
उनकी लीला भूमि यही है।
सिक्खों का पावन गुरुद्वारा
उससे भूषित भूमि यही है।

भगवान बुद्ध की कर्मभूमि
शत-शत विहार थे बने यहां।
तीर्थंकर महावीर-स्वामी
के गूंजे थे उपदेश यहां।

था यहीं विश्व का विद्यालय
नालन्दा जो कहलाता था।
दूरस्थ चीन का भिक्षु यहां
अपने को शिष्य बनाता था।

पावापुर पारसनाथ यहां
हैं तीर्थ जैनियों के सुन्दर।
संची की शुचि प्राकृतिक छटा
दर्शक को पुलकित देती कर।

है बोध गया में बोध वृक्ष
गौतम ने ज्ञान जहां पाया।
हिन्दू जनता का तीर्थ गया
पितरों ने पिंड दान पाया।

कोशाम्बी के खंडहर अब भी
बातें अतीत की करते हैं।
वैशाली राजगिर वैद्यनाथ
पन्ने इतिहास पलटते हैं।

लोहे कोयले की खाने हैं
सिन्द्री में खाद बना करती।
जमशेदपुर में लोहे से
रेलें दिन रात ढला करती।

पिछड़ रहा आज तक, लेकिन
अब बिहार आगे बढ़ता है।
बिगुल क्रान्ति का बजा सजग हो
श्रम के साथ प्रगति करता है।

तमिलनाडु

घूम-घूम कर देखें देश
तमिलनाडु है तमिल प्रदेश।

दक्षिण का यह द्रविड़ देश है
इसका है इतिहास पुराना।
ऋषि अगस्त्य ने यहीं पहुंचकर
इसकी महिमा को था जाना।

पूर्वी घाट नहीं ऊंचे हैं
कावेरी गंगा-सी पावन।
सींच-सींच खेतों को भरती
खलिहानों में विपुल धान्य धन।

ऊंचे-ऊंचे गोपुर वाला
मदुरा का मीनाक्षी मन्दिर।
अति विशाल है अति पावन है
मूर्ति कला में भी अति सुन्दर।

भारत का दक्षिण धुर कोना
तीन समुन्द्रों की है झांकी।
शिला विवेकानन्द, कुमारी
कन्या की शोभा है बांकी।

चार धाम में एक धाम है
दक्षिण का मन्दिर रामेश्वर।
लंका पर आक्रमण यहीं से
किया गया था सेतु बांधकर।

सागर-तट पर पांडिचेरी
योगिराज अरविन्द विला है।
जहां विश्व के सब देशों के
लोगों को स्थान मिला है।

चिदम्बरम, तंजौर, तिरुच्ची
महाबलीपुर कांची तीर्थम्।
मन्दिर तीर्थ बड़े पावन हैं
अद्भुत है वह पक्षी तीर्थम्।

तमिल यहां की मीठी भाषा
तिरुक्कुरल है ग्रंथ पुराना।
धर्मप्राण जनता है सारी
सादा जीवन सादा बाना।

जब सक्रान्ति मकर की आती
पोंगल का त्योहार मनाते।
पशुओं की पूजा करते हैं
खेल खेलते नाचते गाते।

बड़ा शहर मद्रास मनोहर
सागर तट की शोभा न्यारी।
तमिलनाडु की गौरव गारिमा
पर जन-जन होता बलिहारी।

केरल

घूम-घूम कर देखें देश
केरल है कमनीय प्रदेश।

भारत का यह कोना केरल
कितना सुन्दर कितना प्यारा।
उत्तर दक्षिण फैला है यह
लम्बा इसका उदधि-किनारा।

पूरब में सह्याद्रि सुशोभित
हरे वनों से ढंका हुआ है।
वर्षा से इतना जल पाता
हरियाली से ढका हुआ है।

पर्वत की कन्याएं नदियां
कल-कल कल-कल करती बहतीं।
ज्यों ही आगे बढ़ीं कि सागर
से जाकर के वे हैं मिलतीं।

देखो जिधर नारियल के ही
पेड़ गगन में उठे हुए हैं।
लटक रहे गुच्छे के गुच्छे
पेड़ फलों से लदे हुए हैं।

जहां-जहां केले के पौधे
बिजन हवा में डुला रहे हैं।
'आकर बैठो पास हमारे'
मानो कहकर बुला रहे हैं।

कटहल, आम विविध पेड़ों की
छवि शोभा है अमित निराली।
कलरव पक्षी करते-रहते
गूंजा करती डाली-डाली।
नीदयों के सागर तट पर
लम्बी नावें चलती रहतीं।
नौकाएं जब दौड़ा करतीं
किसका नहीं हृदय है हरतीं।
घास-फूस की झोंपड़ियों पर
नारिकेल छाया करते हैं।
लहराते खेतों से शीतल
झोंके नित आया करते हैं।
तन के काले मन के उजले
भोले-भाले सरल निवासी।
धर्मप्राण हैं, सहनशील हैं
श्रम पर पूरे हैं विश्वासी।
श्रावण में ओणम जब आता
केरल उछल-उछल पड़ता है।
फूलों का श्रृंगार घरों में
कथकलि नृत्य मचल पड़ता है।
मलयालम भाषा मीठी है
भूमि प्रकृति की परम दुलारी।
केरल की सुन्दर शोभा पर
नन्दन वन होता बलिहारी।

मध्य-प्रदेश एवं छत्तीसगढ़

घूम-घूम कर देखें देश
राष्ट्र हृदय-सा मध्य-प्रदेश व छत्तीसगढ़।

मध्य-प्रदेश व छत्तीसगढ़ मध्य में
स्थित भारत का यह हृदयस्थल है
चम्बल, केन, नर्मदा इसको
देतीं अपना निर्मल जल हैं।

विंध्याचल की मृदु गोदी में
अति उज्ज्वल इतिहास पला है।
और सतपुड़ा के शिखरों ने
शत्रुजनों का दर्प दला है।

डग डग रोटी, पग पग नीर
यहां मालवा की धरती है।
यहीं बुंदेला भूमि रक्त से
बीरों का तर्पण करती है।

तीर्थ अमर कंटक प्यारा है
जबलपुर में भेड़ा घाट।
संगमरमरी चट्टानों की
शोभा का अनुपम है ठाट।

अति प्रसिद्ध भोपाल ताल है
साँची के भी स्तूप मनोहर।

बाघ गुफायें और खजुराहो
मूर्ति कला है अति ही सुन्दर।

होल्कर का इन्दौर सिन्धिया
का ग्वालियर क़िला सुन्दर है
दर्शनाय है उज्जैनी में
महाकाल का शिव मन्दिर है।

कालिदास ने मेघदूत रच
संस्कृत का श्रृंगार किया था।
छत्र साल संग्रामशाह ने
इस प्रदेश से प्यार किया था।

वन सम्पदा यहां की उत्तम
वन के पशु अति ही हैं प्यारे।
गांव झोंपड़े बना बनों में
कोल भील रहते हैं सारे।

भरी धान्य धन से धरती है
महिमा इसकी अमिट अशेष।
प्रकृति दुलारा अति ही प्यारा
भारत भू का मध्य-प्रदेश।

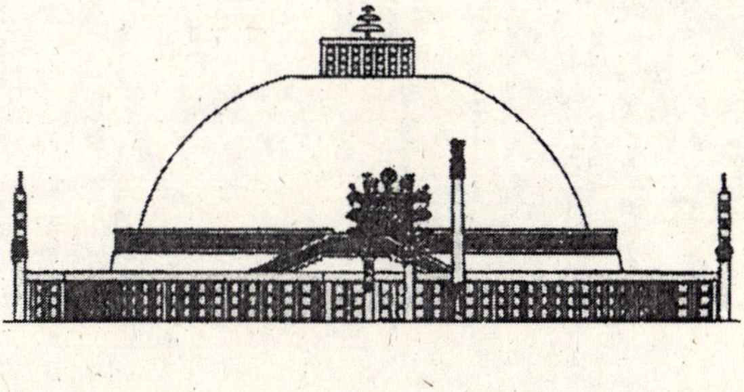

असम

घूम-घूम कर देखें देश
असम पूर्व का भव्य प्रदेश।

सदिया से सागर तक फैला
हरा-भरा जो भव्य प्रदेश।
उसकी समता कौन करेगा
यह भारत का असम प्रदेश।

ब्रह्मपुत्र नद इस धरती की
अति प्रचंड जीवन धारा है।
हरे-भरे जंगल से शोभित
इसका अंचल सारा है।

कटहल, आम, बांस, केला की
सभी ओर हरियाली है।
लहराते हैं खेत धान के
शोभा निपट निराली है।

जगह-जगह पर पूर्ण जलाशय
दर्पण जैसे दीख रहे हैं।
पड़ते हैं प्रतिबिम्ब मनोहर
चित्रकला-सी सीख रहे हैं।

वन में वन-पशु घूमा करते
कहीं हाथियों के दल के दल।
भालू, भैंसे, गैंडे, सूकर
वृक्षों पर है चंचल की पदल।

तरह-तरह के पक्षी अपनी
चहक भरा करते हैं वन में।
शोभा देख असम, भ्रम होता
पहुंच गए हम नन्दन वन में।

घर-घर में नित गूंजा करती
शंकर माधव की वाणी है।
मीठी सरस असमिया भाषा
भरी भाव से कल्याणी है।

गोहाटी के पास शिखर पर
कामाक्षा का तीर्थ मनोहर।
पूजा भेंट चढ़ाने आते
दूर-दूर से हैं नारी नर।

जब आता त्योहार बिहू का
पूरा असम नाच उठता है।
युवक युवतियां हर्षित होतीं
नृत्य गान का रंग जमता है।

धरती में है तेल सम्पदा
धर्म प्राण जनता है सारी।
असम प्रान्त की छवि शोभा पर
नन्दन वन भी है बलिहारी।

पंजाब

घूम-घूम कर देखें देश
हरा-भरा पंजाब प्रदेश।

सतलज, व्यास, रावी, झेलम
और पांचवी नदी चेनाब।
जिस प्रदेश को सींचा करतीं
नाम उसी का है पंजाब।

खेत भरे फसलों से रहते
माखन दूध दही घर-घर है।
स्वस्थ सबल पंजाबी सैनिक
युद्ध भूमि में सदा निडर है।

अमृतसर सोने का मंदिर
सिक्खों का प्रसिद्ध गुरुद्वारा
निशि दिन जहां गूंजता रहता
'सत्य सिरी अकाल' का नारा।

जलियांवाला बाग यहीं है
जहां चली थी डायर गोली।
देश भक्त जनता ने खेली
यहीं खून से थी तब होली।

जोश और उल्लास भरा ही
भव्य भांगड़ा नृत्य यहां का।
बड़ा रंगीला, होली जैसा
लोहड़ी है त्योहार यहां का।

रेशम के शलवार दुपट्टे
पहन नारियाँ शोभा पातीं।
फ़ैशन में, श्रम करने में भी
नहीं कभी वे हैं सकुचातीं।

हीर और रांझा के मधुमय
गीत यहां गाए जाते हैं।
टप्पे गीतों में पंजाबी
अकथनीय ही सुख पाते हैं।

नानक, गुरु गोविन्द सिंह का
सभी लोग हैं आदर करते।
वीर धीर रणजीत सिंह की
स्मृति में नत शिर हैं बनते।

बांध भाखड़ा नंगल अद्भुत
तीर्थ आधुनिक है भारत का।
नए-नए उद्योग खुल रहे
प्रान्त पथिक है उन्नति पथ का।

लुधियाना के ऊनी कपड़े
कड़ी शीत से लोहा लेते।
खेलों का सामान जलन्धर
और बटाला जग को देते।

कृषि, व्यापार और उद्योगों
में नित ही पंजाब बढ़ रहा।
उन्नति के सोपानों पर वह
है उमंग के साथ चढ़ रहा।

महाराष्ट्र

घूम-घूम कर देखें देश
महिमामय महाराष्ट्र प्रदेश।

नागपुर से गोआ तक है
फैला सुन्दर वीर प्रदेश।
उज्ज्वल है इतिहास यहां का
वीर मराठों का यह देश।

फैला है सह्याद्रि दूर तक
हरियाली से हरा भरा जो।
मानसून से जल को पाकर
रहता है सौन्दर्य भरा जो।

गोदावरी नदी के तट पर
नासिक में है पंचवटी।
सीता लक्ष्मण साथ जहां पर
राम रहे थे बना कुटी।

भव्य नदी एलोरा और अजन्ता
की प्रसिद्ध हैं यहां गुफाए।
जिनके चित्र बहुत सुन्दर हैं
उससे भी सुन्दर प्रतिमाए।

अश्वारोही वीर शिवा की
चमकी थी तलवार यहीं पर।
अत्याचारी झुके यहीं पर
धर्म-विजय की हुई यहीं पर।

पर्वत-पर्वत क़िले यहां हैं
घर-घर में कृपाण और भाले।
शूर शिवा के सैनिक जैसे
वीर मराठे हैं मतवाले।

शहर बम्बई वैभव शाली
पूना संस्कृति केन्द्र पुराना।
है विदर्भ संतरा खान ही
नागपुर जाना पहिचाना।

पंढरपुर विट्ठल का मन्दिर
कोल्हापुर दक्षिण की काशी।
युद्धवीर जितने, उतने ही
धर्म प्राण हैं सभी निवासी।

ज्ञानेश्वर और तुकाराम के
गाए गीत यहां जाते हैं।
लोग 'तमाशे' ओर 'पवाड़ों'
से अपना मन बहलाते हैं।

देश हमारा, है स्वतन्त्रता
जन्म सिद्ध अधिकार हमारा।
पूना से ही लोकमान्य का
गूंजा था यह प्यारा नारा।

अरुणाचल, मेघालय नागालैंड, मिजोरम

घूम-घूम कर देखें देश
पूर्वांचल के चार प्रदेश

अरुणाचल, मेघालय, नागा-
लैंड, मिजोरम चार प्रदेश।
भारत की पूर्वी सीमा पर
है स्थानीय महत्व विशेष।

ऊंची-नीची दूर-दूर तक
प्रान्तों में पर्वत मालाए।
घने वनों से ढकी हुई हैं
हरे वृक्ष हरी लताए।

चौड़ी सकरी गहरी घाटी
झरने-झरने नदियां बहतीं।
आदिवासियों की झोपड़ियां
कहीं-कहीं दिखलाई पड़तीं।

बाचू, खसिया, आओ, लोथा
और लुशाई और जातियां।
अलग-अलग अंचल में रहतीं
बना-बनाकर अलग बस्तियां।

काट वनों को खेत बनाते
श्रम से सब खेती करते हैं।

बिना मांस के काम न चलता
जंगल में शिकार करते हैं।

बोली सबकी भिन्न-भिन्न है
कपड़ो पहनावे में अंतर।
नाटे पर सब हट्टे-कट्टे
और देखने में भी सुन्दर।

यहां मिशीनरी पादरियों ने
धर्म क्रिश्चियन है फैलाया।
सेवा की, शिक्षा भी दी है
ईसाई है उन्हें बनाया।

ईटानगर, शिलांग, कोहिमा,
आइज़ल है क्रमशः राजधानी।
अब तक पिछड़े रहे प्रान्त ये
अब उन्नति करते मनमानी।

अंडमान-निकोबार

घूम-घूम कर देखें देश
दो टापू का भव्य प्रदेश।

पूर्व बंग के उपसागर में
पहन रहे लहरों के हार।
दो टापू समूह शोभित हैं
अंडमान और निकोबार।

ब्रिटिश काल में काला-पानी
कहलाते थे ये अंचल।
जन्म कैद वाले अपराधी
गए बसाए दल के दल।

शैल श्रेणियां और घाटियां
हरे-भरे जंगल हैं सुन्दर।
जगह-जगह प्राकृतिक छटा के
दृश्य अमित शोभा के घर हैं।

सभी ओर सागर लहराता
सीपी शंख मछलियां अनुपम।
बन्दरगाह अनेक तटों पर
पोर्ट ब्लेयर है सर्वोत्तम।

सब प्रदेश के यहां निवासी
किन्तु बोलते हिन्दी भाषा।

मिल-जुलकर रहते हैं सब ही
है समान आशा-अभिलाषा।

सभी ओर सागोन नारियल
हाथी लकड़ी लट्ठे ढोते।
मछुआरे मोती लाते हैं
लगा-लगा सागर में गोते।

अर्ध-नग्न अब तक रहते हैं
घने वनों में आदि निवासी।
वर्तमान सभ्यता अछूते
जादू टोना के विश्वासी।

रहे उपेक्षित अब तक लेकिन
अब टापू उन्नति करते हैं।
कृषि शिक्षा व्यापार सभी में
दृढ़ता से आगे बढ़ते हैं।

दिल्ली

घूम-घूम कर देखें देश
दिल्ली है केन्द्रीय प्रदेश।

राष्ट्र हिन्द की यमुना के तट
बसी राजधानी दिल्ली है।
यहीं कुतुबमीनार पुरानी
यहीं धातु की भी किल्ली है।

नई पुरानी दो दिल्ली हैं
किन्तु बहुत ही पास-पास हैं।
कितने ही प्राचीन खंडहर
इन दोनों के आस-पास हैं।

लालकिला मुगलों के जिसमें
आम खास दरबार बग़ीचे।
दर्शनीय है मोती मसजिद
कला स्वर्ग से उतरी नीचे।

बहुत बड़ा बाजार चांदनी-
चौक, पास में जामा मसजिद।
जहां हजारों मुसलिम भाई
सिजदा करते जुम्मे के दिन।

राजघाट गान्धी समाधि है
नेहरू शास्त्री की समाधि भी।

श्रद्धा सुमन चढ़ाते रहते
आगत देश-विदेशी जन भी।

दो सचिवालय मध्य बना है
भवन राष्ट्रपति का अति सुन्दर।
संसद भवन पास में, जिसमें
नियम बनाये जाते हितकर।

पांडव क़िला, मकबरे कितने
बीते युग की याद दिलाते।
ऊंचे-ऊंचे भवन आज के
भारत का उत्कर्ष दिखाते।

इतिहासों में पलती आई
बड़ी पुरानी है यह दिल्ली।
अब उन्नति कर समुद्र बन रही
अखिल राष्ट्र का गौरव दिल्ली।

उत्तर-प्रदेश एवं उत्तराखंड

घूम-घूम कर देखें देश
विस्तृत विशाल उत्तर-प्रदेश व उत्तराखंड।

गंगा यमुना की गोदी में
हिमगिरि का जिसको प्यार मिला।
यह फैला है उत्तर-प्रदेश व उत्तराखंड
संस्कृति का सरसिज यहीं खिला।

हिम हीरक मुकुट सजा नभ में
गंगा यमुना गोमुखी बनी।
केदार और बद्री विशाल
सारी धरती ही पुण्य धनी।

गंगा ने गिरी से उतर जहां
जन-सेवा का व्रत लिया धार।
बन गया तीर्थ यह अध नाशक
पृथ्वी पर पावन हरिद्वार।

यमुना तट पर यह वृदावन
गोधन मंडित गोकुलनगरी।
माखन खाया था लोट लोट
फोड़ी थी कान्हा ने गगरी।

प्राणों की पीड़ा में ढल ढल
पाषाणों से यह 'ताज' बना।

यमुना के तट पर पत्नी का
यह सहज प्रेम साकार बना।
सरयू पर यही अयोध्या है
है गई जहां संस्कृति सींची।
भगवान राम ने जीवन में
मर्यादा की रेखा खींची।
गोमती किनारे बसा नगर
लक्ष्मण की याद दिलाता है।
जो बीत गया वैभव अब भी
खंडहर में याद सजाता है।
पावन प्रयाग के संगम पर
दो मिलीं, तीन की शक्ति मिली।
कुंजों की शीतल छाया में
शुचि आर्य भावना जहां पली।
संस्कृत संस्कृति का महाकेन्द्र
मोक्षदा पुण्यदा यह काशी।
यह विश्वनाथ का घर आंगन
जन-जन जिसका है अभिलाषी
घर-घर 'मानस' लहराता है
सुरा तुलसी के गीत जगे।
कबिरा की अद्भुत वाणी में
जीवन के अनुपम तथ्य पगे।
संस्कृति का संगम यह प्रदेश
धर्मों का यह मिलन क्षेत्र।
मित्रों के हित है खुली बांह
और-हित है यह शिव का त्रिनेत्र।

हिमाचल

घूम-घूम कर देखें देश
हिमाचल रम्य प्रदेश।

हिम मंडित हैं शैल श्रेणियां
देव-किन्नरों का यह देश।
उच्च हिमालय की गोदी में
खेल हिमाचल रहा प्रदेश।
देवदार के और चीड़ के
पेड़ खड़े छू रहे गगन को।
जिनकी हरी-भरी हरियाली
हर्षित कर देती मन को।
यमुना सतलज-दोनों ने ही
इस प्रदेश से प्यार किया है।
व्यास चिनाव और रावी ने
यहीं कहीं पर जन्म लिया है।
सेब, अंगूर, आलूचा, आड़ू
खड़े हुए हैं लदे बग़ीचे।
मकई धान फसल लहराती
हरे खेत झरनों ने सींचे।
गोरे सुन्दर सरल निवासी।
बहुपति प्रथा यहां प्रचलित है।
सुघड़ नारियों का पहनावा
मोहक, करता आकर्षित है।

शिमला भव्य राजधनी है
डलहौजी की शोभा न्यारी।
बरफ़ उतरती जब फुहियों में
लगती है तब अति ही प्यारी।

कुल्लू और कांगड़ा घाटी
हरियाली की खान माली।
'स्वर्ग गर्मियों का' कहते सब
निज शोभा से उपमा पा ली।

कुल्लू का दशहरा देखकर
दर्शक का जी भर जाता है।
रणसिंगे जब बज उठते हैं
मन उल्लास थिरक जाता है।

चित्र-विचित्र कांगड़ा शैली
कला जगत में मान पा रही।
लाहलड़ी के लोकनृत्य की
शोभा अद्भुत कही जा रही।

उन्नति करता हुआ हिमाचल
गौरव गिरि पर चढ़ता जाता।
ज्ञान और विज्ञान सहारे
प्रगति पथ पर बढ़ता जाता।

प्रश्नोत्तरी

1. गांधी जी का जन्म कौन से प्रान्त में हुआ था?

   (अ) उत्तर-प्रदेश (ब) बिहार (स) गुजरात (द) राजस्थान

2. हवा महल कौन से शहर में है?

   (अ) हैदराबाद (ब) जयपुर (स) दिल्ली (द) मुम्बई

3. पांच नदियों का प्रदेश कौन से प्रान्त को काहा जाता है?

   (अ) पंजाब (ब) मध्य-प्रदेश (स) असम (द) मणिपुर

4. कुरुक्षेत्र कौन से राज्य में है?

   (अ) हिमाचल (ब) उत्तराखण्ड (स) झारखण्ड (द) हरियाणा

5. मणिपुरी भाषा कौन से प्रान्त में बोली जाती है?

   (अ) मणिपुर में (ब) उत्कल में (स) असम में (द) केरल में

6. कोणार्क का सूर्य मंदिर कौन से प्रान्त में है?

   (अ) आंध्र-प्रदेश (बू) तमिलनाडु (स) उत्कल (द) महाराष्ट्र

7. श्रवणबेलगोला की ऊंची प्रतिमा कौन से प्रान्त में है?

   (अ) नागालैंड (ब) छत्तीसगढ़ (स) तमिलनाडु (द) कर्नाटक

8. डल झील कौन से प्रान्त में है?

   (अ) हिमाचल (ब) कश्मीर (स) उत्तराखण्ड (द) हरियाणा

9. वारंगल व अमरावती के खंडहर कौन से प्रान्त में हैं?

   (अ) उत्कल (ब) बिहार (स) आंध्र-प्रदेश (द) उत्तेर-प्रदेश

10. भगवान बुद्ध की कर्मभूमि कौन से प्रान्त में है?

    (अ) राजस्थान (ब) पंजाब (सं) उत्तर-प्रदेश (द) बिहार

●●●

उत्तर

1. (स), 2. (ब), 3. (अ), 4. (द), 5. (अ), 6. (स), 7. (द), 8. (ब), 9. (स), 10. (द)।